Pierre Léoutre

Agnès

Pour toi, Agnès.

À Lectoure.

J'ai le cœur vide et le cerveau plein.

Depuis que j'ai appris la nouvelle de ta mort, je continue à avancer à grands pas, le temps continue son œuvre mais le décor s'est figé. Une perte totale de sens et de sensations, une incompréhension absolue et un déni d'une réalité trop douloureuse.

L'ami Sénèque me fait la tête et me murmure à l'oreille : « Les douleurs légères s'expriment ; les grandes douleurs sont muettes. » Moi, je ne sais pas où j'en suis : je me déplace dans le cadre de notre amour de jeunesse, un grand amour qui aura marqué toute mon existence alors qu'il m'a été annoncé, il y a plusieurs mois déjà, que tu n'es plus de ce monde. Incroyable nouvelle que je me refuse à accepter. Si c'est vrai, je suis profondément malheureux et complètement perdu ; c'est un véritable effondrement de ce qui constitue le sens de ma vie. Et en même temps, comme je nie avec la plus grande énergie la réalité de ton décès, il m'est impossible, fort logiquement, d'être triste. C'est une situation très difficile et compliquée.

Bien obligé de continuer à contempler les paysages et les rues de Lectoure, la ville gersoise où nous nous sommes connus et aimés quarante ans plus tôt, j'ai ressenti brutalement des impressions étranges, un détachement indolore et absolu, comme si cette ville n'avait plus aucun intérêt à mes yeux. Et c'est vrai. À quoi bon ? J'ai renoncé depuis belle lurette à t'attendre, j'ai compris, certes avec difficulté, que la renaissance de cet amour était impossible ; mais il restait quelque chose de vivant, d'énergique, un espoir plaisant et des souvenirs tendres. Tout ceci a explosé à l'annonce de ta mort.

Je vis maintenant avec le néant. Je ne te cache pas que j'ai eu aussi l'envie de mourir, non pas pour te rejoindre car je ne crois pas au paradis, mais parce que ta place dans ma vie était immense. Vertige de ta disparition, peine profonde de ne plus jamais pouvoir te revoir.

Pendant des mois, je me suis dit qu'il fallait que je t'écrive une dernière lettre. Mais j'en étais incapable. Trop difficile, trop douloureux. Peu après ta disparition, j'ai fait un rêve étrange, nous nous retrouvions dans la salle des pas perdus de la mairie de Lectoure, là où autrefois tu dansais sur la musique de Keith Jarrett, là où je suis véritablement et définitivement tombé amoureux de toi. Ce rêve était incroyable, la situation était très belle, très troublante, tu étais joyeuse et charmante, tu riais, nos retrouvailles étaient particulièrement réussies. Un rêve sensible de bonheur intense, en toute fraîcheur pure et légère, à tel point que le matin, en me réveillant, je décidai que ce rêve serait désormais ma seule réalité.

Cette décision était difficile et n'a pas produit tous les effets escomptés ; par exemple, la nouvelle vacuité du décor lectourois : la petite ville gersoise restait charmante et attachante mais ce n'était plus mon univers. Je pouvais y être ou en partir, cela n'avait plus la moindre importance. Lectoure sans toi, ce n'est rien à mes yeux.

Pour me prouver que tu es encore vivante, il me reste quelques photographies ; mais je n'ai pas le culte des mortes. Je n'ai pas de culte, aucun espoir ni même désespoir, je suis simplement malheureux à cause de cette idée insupportable de ne jamais pouvoir te revoir. La vie n'est vraiment pas un cadeau.

Pourtant, la majeure partie de mon existence s'est faite sans toi, avant et après notre histoire d'amour qui n'aura duré que quelques mois, quelques années, je ne sais plus. Mais, même si aujourd'hui tu n'es plus là pour lire ou entendre mes mots d'amour, tu auras compté plus que tout pour moi. Le temps de deuil que je t'aie consacré, même si j'ai fait semblant de refuser dans ma tête ce décès, m'a permis de comprendre tant de choses sur moi, sur ce que j'avais fait et aimé tout au long de ma vie, c'est ton ultime offrande. Je me suis rendu compte que je n'avais pas réalisé grand-chose après toi, j'avais simplement accompli des petits cercles autour de ton absence, de mes sentiments pour toi. J'ai fait de toi un mythe fondateur, mon imaginaire et mes désirs ont toujours été fondés sur ta personne et par ta mort, évidemment, tout s'écroule.

Je souffle en rédigeant ces lignes, c'est pénible, ce n'est pas joyeux, c'est sans doute illégitime, peut-être indécent et en même temps nécessaire. Suis-je en train de mettre une distance avec cet événement destructeur ou au contraire suis-je en train de raviver la douleur ? « Sois sage, ô ma douleur, et tiens-toi plus tranquille ! » me murmure Charles Baudelaire, je n'hésite pas à faire appel aux plus grands pour tenter de noyer mon chagrin dans un tourbillon de mots trop faibles.

Comment ta mort est-elle possible ? Toi si belle, si vivante, si forte, si attachante, comment ? Comment mon amour puissant et discret qui ne t'a jamais manqué a-t-il pu laisser faire cette infamie ? Je ne comprends pas.

Je sais bien que je ne suis pas le seul homme de ta longue et trop courte vie, tu as un mari, des enfants, tu as eu d'autres amants à qui, paraît-il, tu as inspiré beaucoup d'amour. Mais moi je t'ai aimée et je t'aime encore. Ton absence est vraiment cruelle. Mes hurlements silencieux depuis ta mort en témoignent. Depuis des mois, je regarde, j'écoute ces gens qui n'ont que faire de ta disparition prématurée, qui ne t'ont pas connue ou qui t'ont déjà oubliée. Comment leur dire ce que je ressens ? Mon indifférence, polie mais profonde, à leur égard, à cause de ta mort absurde. Mon sentiment d'injustice, mon immense peine. Agnès, car tel est ton prénom, tu me manques.

Ainsi va la vie des amants séparés. Une séparation que, comme ta mort, je n'avais jamais vraiment acceptée car elle était trop imposée, nous avions été dépassés par des forces incommensurables alors que nous nous aimions vraiment. Oui, un amour de jeunesse, comme il en existe tant, un amour qui était fatalement incapable de tout porter et tout offrir tout au long de nos vies, qui ne nous a pas interdit d'aimer et de construire ailleurs, de nous ranger réciproquement dans un petit coin perdu de notre mémoire, peut-être même, certains jours, certaines années, de ne plus penser du tout l'un à l'autre, qui sait ? Un petit amour de rien du tout, un feu de paille au début du printemps, une petite histoire sans importance galvanisée par les premiers émois de notre jeunesse narcissique. Nous avions toi et moi d'autres choses à vivre, nous l'avons fait et puis voilà. Et puis tu es morte et tu es toujours là, présente à mes côtés. Qu'y puis-je ? Vraiment, je n'ai jamais cessé de t'aimer. Je peux l'affirmer sereinement et fermement. Bien sûr que c'était déraisonnable et vain, comme était stupide et insensé cet espoir, il y a une dizaine d'années, de te retrouver dans Lectoure, comme si rien, ou presque, ne s'était produit depuis notre histoire d'amour d'autrefois. Je ne m'en voulais pas pour cette dernière lubie, s'il y avait eu un minuscule espoir que nos destins s'accordent à ce moment-là, je suis certain que nous nous serions beaucoup aimés, comme avant. Récemment, j'ai même imaginé qu'alors, peut-être, tu aurais réchappé à cette maladie qui vient de t'emporter, tu n'aurais pas pensé à mourir puisque tu aurais revécu avec moi. Chimère prétentieuse de l'amoureux mais dans un tel désarroi, tout était bon à prendre.

Maintenant, j'avais un goût amer dans la bouche, un goût de cendres, et des épaules lasses. Je me sentais vieux et seul.

Et puis il restait la possibilité de se dire que l'amour ne servait à rien.

Je déroule peu à peu ce fil à la patte, ce lien entre nous qui aurait pu être immortel, cette mystérieuse et transparente liaison qui ne s'est point terminée à ta mort. Je n'embrasserai plus jamais tes lèvres, nous ne vieillirons pas côte à côte et j'ai beaucoup de chagrin. Peut-être que si maintenant j'écris ces signes, c'est que la douleur commence à s'estomper. Peut-être.

Qui étais-tu ?

אגנס

Ainsi s'écrit ton prénom en hébreu. C'est par conséquent une très vieille histoire. Le prénom Agnès provient du terme grec « agnê » qui signifie « chaste » ou « sacré ». Ta fête, c'est le 21 janvier, cela, je ne l'ai jamais oublié. Chaque année, à cette date, j'ai vraiment pensé à toi.

Je cherche encore et je trouve que ton prénom ressemble au mot latin « *agnus* » (« agneau ») et signifie « belle enfant », ce qui a contribué à faire d'Agnès de Rome la martyre par excellence dans l'Occident latin. Longtemps resté dans la sphère monastique ou aristocratique, il s'est répandu au XIIe siècle (Wikipédia).

Variantes linguistiques : albanais : Agnesa, Anjezë ; allemand : Agnesa, Agnese, Agneta, Ines, Nisa ; breton : Oanell, Oanez ; catalan : Agnès ; espagnol : Inés ; français : Agnès ; finnois : Aune ; gallois : Nest, Nesta ; grec : Αγνή ; hongrois : Ágnes ; italien : Agnese ; letton : Agnese, Agneta, Agnija, Agija ; lituanien : Agnė ; occitan : Agnès ; polonais : Agnieszka ; portugais : Inês ; russe : Агния ; suédois : Agnetha, Agneta ; tchèque : Anežka. Etc.

Pourquoi tes parents ont-ils choisi ce prénom ? Quoi qu'il en soit, je n'ai connu aucune autre Agnès dans ma vie. Un amour unique, associé à ton prénom.

Oh Agnès.

Je suis là devant mon écran, seul, à penser à toi ; à quoi bon ? J'ai écrit de nombreux livres dans ma vie, dont un pour tenter d'expliquer aux Lectourois la raison de ma venue dans leur ville. J'ai été plutôt mal reçu ici, à mon retour dans notre ville de jeunesse, la roue tourne et comment justifier cet amour impossible ? « Qui c'est, celui-là ? » ; « que vient-il chercher ? » ; « il n'est pas Lectourois ! ». Et oui, je n'étais rien sinon un homme qui caressait l'espoir de te revoir, un jour, peut-être. Maintenant, c'est totalement impossible puisque tu es morte mais il restera remarquable que mes sentiments à ton égard aient pu durer aussi longtemps. Pourtant, je ne suis pas un homme déraisonnable ou déséquilibré, j'ai fait beaucoup de choses solides dans ma vie, je suis plutôt du genre lucide ; mais je n'ai jamais pu te résister, toi tu as tout emporté sur ton passage alors que je n'ai jamais pris beaucoup de place dans ton existence. Un jour, dans la rue nationale à Lectoure, évidemment, peu après ton décès, j'ai été présenté à tes deux fils. La personne qui a réalisé ce lien incroyable a dit que j'étais un ami de leur mère, c'est tout ; je suis resté très sobre, je ne me suis pas éternisé car l'émotion me submergeait ; mais j'ai trouvé tes enfants fort sympathiques. C'était un moment très beau, important et émouvant. Je ne suis pas le père de tes enfants, tu n'es pas la mère de mes enfants, ainsi va la vie mais cette rencontre inattendue dans Lectoure m'a marqué et m'a touché profondément car elle était encore le signe que tu avais survécu d'une certaine façon à la mort.

La mort, la mort, la mort d'Agnès, comment surmonter cette épreuve ?

Dix ans plus tôt, j'avais arpenté les rues de Lectoure, poussé par l'espoir de te revoir, renouant le lien entre cette ville et toi. Maintenant, je n'en ai plus envie, ce n'est pas compliqué à comprendre. Mais c'est dur.

Une route longue et sauvage m'attend mais je ne vais pas m'y engager puisque tu n'es plus là. La musique reste ma seule compagne et toute ma vie, j'ai eu envie d'apprendre à jouer au piano, uniquement parce que je t'avais regardé danser dans la salle des pas perdus de la mairie de Lectoure. Les pas perdus, j'aurais dû me méfier. Était-il aisé de danser sur ce sol dallé de pierre blanche ? En tout cas, tu étais belle et gracieuse, l'acoustique de ce bâtiment du XVIIe siècle excellente, l'ensemble était magique et fondateur. Cet instant poétique a fait éclore tous nos émois et nos désirs, je l'ai conservé précieusement et si je le livre aujourd'hui, c'est uniquement parce qu'en écrivant j'ai l'impression d'encore te parler. Cette passion pour le piano ne m'a jamais quitté, je l'ai entretenue toute ma vie mais je n'avais jamais réussi à la vivre, évidemment, puisqu'elle était liée à toi. Je caresse souvent mes claviers comme si je caressais ta joue, j'ai dans ma tête des airs de musique, je vis et j'écris en écoutant de la musique, tout cela grâce à toi. Mais c'était la salle des pas perdus, j'ai marché pour rien après avoir t'avoir perdue mais tu n'es pas perdue puisque j'ai continué à t'aimer, je jongle avec facilité car je suis tellement habitué, depuis si longtemps, à être avec toi. Je te l'affirme avec une pointe de malice car je ne suis pas convaincu que cette permanence corresponde à ton souhait, tu n'as pas voulu me revoir, hélas, mais je te comprends aussi. Curieusement, si cette histoire d'amour relativement brève perdura aussi longtemps, elle n'a jamais été obsessionnelle. Le plus étonnant, vu de l'extérieur, c'est sa force et sa pérennité pendant quarante ans alors que sa durée n'aura pas excédé plusieurs mois, même pas deux années. Autre motif d'interrogation, le fait que cet amour soit exprimé aussi longtemps par un homme. Il est vrai que les femmes tournent plus facilement la page, c'est du moins leur réputation ; elles sont plus entières, en tout cas tu avais démontré que tu ne renonçais pas à ton amour du présent pour un amour du passé. Telles étaient les interrogations que j'avais pu entendre sur cette histoire romantique de toute une vie. Pour ma part, je ne m'étais jamais véritablement posé la question de la permanence de ce sentiment. Tu étais là, point. J'avais aimé d'autres femmes, certaines beaucoup et même passionnément ; mais ta place restait sacrée et indétrônable, ce qui était inexplicable d'un point de vue rationnel. Tu n'étais pas la première femme de ma vie, tu ne seras pas la dernière puisque tu es morte et que je t'ai survécu ; alors, pourquoi tant d'amour ? Te perdre, c'était arracher une partie de moi-même, ton absence a enfanté un regret monstrueux, a engendré la conviction sincère que nous aurions dû partager notre vie, que celle qui s'est finalement déroulée ne constituait qu'un ersatz, une pâle et vaguement ennuyeuse compensation. Aux questions : « peut-on aimer pour toute une vie ? L'amour a-t-il une durée limitée ? Pourquoi pense-t-on que le vrai amour est impossible ? Qu'entend-on finalement par le mot amour ? », Denis Moreau, professeur de philosophie à l'Université de Nantes, a répondu lors d'un entretien en novembre 2016 sur France Culture : « Oui c'est possible, et comme on dit en philosophie, quand c'est réel c'est possible. Des couples qui s'aiment toute leur vie il y en a, ce sont ces vieux couples admirables, qui réussissent à faire l'amour au sens fort du terme, à le tisser, à l'instituer. Après, je ne dis que c'est facile. Pourquoi les gens pensent si spontanément que c'est impossible de s'aimer toute sa vie, c'est sans doute parce qu'on réduit l'amour à la passion, or trois ans c'est à peu près la durée d'action du philtre d'amour qu'augure Tristan et Yseult. On peut donc concéder que la passion est une chose à durée limitée. Mais la passion n'est pas le "tout" de l'amour, il y a d'autres formes d'amour que l'amour passionné, c'est ça précisément qu'il faut questionner... » Voilà, nous n'avons pas réussi à être un couple admirable, notre séparation injuste et maintenant fatale n'a pas abîmé une passion, elle a simplement terriblement compliqué un amour profond. Cette permanence est également un choix tout à fait volontaire de ma part, soigneusement entretenu d'années en années car penser à toi me rendait profondément heureux. Tu as toujours représenté une force, un repère, un vague espoir mais surtout un sentiment de bonheur qui faisait naître un sourire sur mon visage, même si ce bonheur était perdu dans ma réalité quotidienne. Je ne sais pas pourquoi.

Si j'avais été féru de psychologie, j'aurais évoqué un traumatisme, non pas toi, bien entendu, mais les circonstances brutales de notre séparation, qui ont fait de moi cet homme amoureux d'un clavier noir et blanc et incapable de m'en servir. Je ne pense pas que j'aurais pu devenir un grand musicien mais j'aurais pu certainement, à force d'entraînement, de travail et d'inspiration, devenir un pianiste convenable. Pourtant, ce n'est pas le cas et tu es la raison de cette incapacité. Ce n'est pas un reproche, tu n'y es pour rien ; j'affirme simplement que ton absence a fait de moi le contemplateur d'un piano.

D'un immense amateur de musique, aussi ; Si, quarante ans après notre dernier baiser, je continue à faire l'acquisition des disques de Keith Jarrett, mais aussi de ceux de Martha Argerich (deux pianistes du continent américain, qui me viennent à l'esprit en premier lieu ; mais la liste de mes goûts musicaux ne s'arrête pas à eux, évidemment), si j'ai organisé tant de concerts de musique, aidé tant de musiciens, c'est bien parce que je t'ai aimée en train de danser dans le rez-de-chaussée de la mairie de Lectoure. Pourquoi pas, après tout ? C'est une façon agréable de substituer un art à ton absence injuste.

Éros et Thanatos étaient bien présents dans notre histoire. C'est moi le premier qui ai failli mourir ; c'est toi finalement qui es morte pour clore cette histoire, du moins la rendre impossible à vivre. J'ai failli, tu as sauté sur l'autre rive, la faille, la blessure intime et permanente avec laquelle il faut bien vivre, tant bien que mal. Une sorte de petite *Love Story* à la lectouroise, qui n'a finalement aucune importance, qui passe totalement inaperçue, sauf pour moi, bien sûr, avec maintenant le choc immense de ta mort à laquelle je ne crois toujours pas, malgré ces mots que je trace pour comprendre ce qui nous arrive.

Alors même que je commençais à rédiger les premières lignes de cet hommage posthume, j'avais déjà en tête la couverture de cet ouvrage, ce cercueil de mots pour embrasser une dernière fois du regard la femme que j'ai tant aimée. Je ne suis pas pressé de terminer ce livre, je le tiens dans ma main comme je tenais précieusement ta main, il est déjà avec moi sans être terminé et il est toi. Je nous offre cette ultime lettre, cela n'a aucun sens, ce n'est même pas une écriture thérapeutique pour essayer de supporter ce deuil horrible, c'est simplement la misérable tentative de prolonger encore et encore le fait que nous sommes ensemble pour toujours. Est-ce une démarche niaise, trop romantique, vaine, qui n'intéresse personne, uniquement moi puisque toi tu ne liras jamais ce texte ? Pour Albert Camus, qui a connu comme nous deux la Méditerranée, l'idée de la mort est l'expression ultime de l'absurde. Ce qui confirme, grosso modo, l'absurdité de ma présence dans les murs de Lectoure alors que tu n'es plus. Mais où veux-tu que j'aille, à mon âge ? Je vais m'asseoir sur un banc, ne plus t'attendre évidemment, et réchauffer mes vieux os au soleil en attendant que la mort arrive. Combien cela va-t-il prendre de temps ? Je trouve inacceptable qu'une femme aussi belle et gentille que toi soit morte si tôt, je le dis franchement et sans même penser à moi, faisant abstraction du fait de continuer à croire que tu aurais pu revenir vers moi. C'est le principe même de ton décès que je réfute avec la plus grande énergie, sauf quand des vagues de désespoir me submergent brusquement et me font prendre conscience de ce gâchis. Ces moments de lucidité douloureuse sont rares, heureusement, car tu m'as habitué depuis si longtemps à être l'un avec l'autre et l'un sans l'autre que, finalement, je pourrais continuer longtemps à vivre avec toi. C'est en cela que tu es définitivement une femme merveilleuse et que notre amour fut un cadeau de la vie. Agnès, nous mourrons ensemble, quoi qu'il arrive. Tu seras là à mon dernier souffle.

Mais ce n'était pas pour aujourd'hui. Et caprice du hasard, le monde virtuel qui dévorait de plus en plus notre espace venait de m'informer que le pianiste Keith Jarrett offrait un solo inédit pour ses 75 ans ; en effet, le label ECM venait de mettre en ligne « Answer Me, My Love », un morceau de musique issu du rappel du concert donné par le pianiste à Budapest, en 2016. Le journaliste du *Monde* Francis Marmande précisait qu'il s'agissait d'un « titre emblématique de la conception de l'exercice, aussi spirituel qu'athlétique, pour l'Américain. (...) Pour mémoire : Keith Jarrett prend sa première leçon de piano à 3 ans. Premier concert à 7. La légende est lancée. (...) Détestant se répéter, infatigable, abondant, il dessine en diverses configurations (avec Charlie Haden, Jan Garbarek, Dewey Redman...) une sorte d'avant-garde pour grand public qui vous cloue ou clive. Plus ces récitals de pure solitude à trois : lui, le piano, le public... (...) Exercice spirituel autant qu'athlétique, saut dans l'inconnu, le solo est, pour Keith Jarrett, son terrain de grand jeu. Surprise : le *Köln Concert* (ECM, 1975) est l'un des disques, toutes catégories, les plus vendus de tous les temps. (...) Keith Jarrett (grand lecteur de philosophie, d'ésotérisme, de science-fiction et de littérature scientifique) a enregistré ses *Hymnes sacrés* en 1980. Ceci fera l'objet du 80e anniversaire. » Un lien hypertexte me conduit vers un autre article de presse de Francis Marmande, publié quatorze années plus tôt, en novembre 2006, à l'occasion d'un concert solo donné à Paris, Salle Pleyel, par l'artiste américain ; titre de l'article : « Keith Jarrett, l'art de la concentration ».

Réponds-moi, mon Amour. Mais comment vas-tu faire ? Je me souviens que ta sœur aimait les chansons d'Hubert-Félix Thiéfaine ; nous, c'était plutôt Neil Youg ; *she's so fine, she's in my mind...* C'est toujours vrai. Et la musique tourne en boucle, les mêmes mélodies trottent dans ma tête, les souvenirs affluent et tu continues à me rendre heureux. Une histoire étrange, décidément. En tout cas, maintenant que tu es morte, l'alternative est simple. Je peux désormais me diriger vers le Bastion, cette belle place ombragée de Lectoure avec une vue panoramique sur les vallées gersoises, m'asseoir sur un banc, juste en face du kiosque à musique, et attendre que survienne la Camarde. Grâce à toi et ma longue patience, je ne m'ennuie jamais, je peux songer à nous pendant des heures, des jours, rêver doucement puisque notre histoire forte et tendre a laissé toutes ses caresses. Bien entendu, je préférerais que tu viennes me rejoindre, t'asseoir à mes côtés sur ce banc en face du kiosque, et poser ta tête sur mon épaule retrouvée. Mais je sais bien que ce désir est une utopie.

Ce banc lectourois n'est pas si inconfortable que cela et pourrait m'héberger aussi longtemps que le fauteuil en cuir de Charlélie Couture, que nous aimions aussi tous les deux. Ces poèmes rock datent de 1981 ! Te rends-tu compte ? Mais l'histoire se répète. Au début de cette année, l'Institut national de l'audiovisuel a mis en ligne sur son site web « La Séparation », qu'il est possible de visionner ou de télécharger pour une somme modique. Cette dramatique écrite et réalisée par Maurice Cazeneuve a été tournée à l'automne 1967, à Lectoure, pays natal de l'auteur. C'est une sorte de parabole, réflexion sur le bonheur et la mort, une histoire d'amour que la mort elle-même ne peut rompre, dans laquelle Charles Vanel interprète un rôle entièrement fait de nuances et d'émotion contenue. Louis Vigné, vieux monsieur, modeste fonctionnaire retraité, achève paisiblement une vie sans histoire auprès de sa femme. Sa femme meurt et Louis se retrouve seul, seul avec les autres, seul avec les objets, seul avec lui-même. En quelques jours, il mesure l'étendue du bonheur qu'il a vécu. Très vite, il s'aperçoit qu'il ne trouve la paix que dans le petit cimetière où sa femme repose. Ses visites deviennent de plus en plus longues, jusqu'au moment où, trop fatigué pour vivre, il s'endort à tout jamais sur la tombe de celle qui a partagé toute son existence. À croire décidément que Jacques Prévert aurait pu écrire « les feuilles mortes » à l'abri des remparts de Lectoure. Ou alors Serge Gainsbourg dans son hommage à Prévert :

« Jour après jour
Les amours mortes
N'en finissent pas de mourir. »

Assis sur mon banc, je soupire encore et pas seulement à cause de mon tabagisme, contre lequel je lutte. Est-ce que mon amour pour toi a été une prison ? Nous n'avons pas eu le temps d'aller à Venise, la ville des Amoureux, notre histoire d'amour a eu pour décor la France, Lectoure, le Gers, les Pyrénées ; l'Allemagne, les États-Unis. Nous aurions pu, si le destin l'avait permis, nous retrouver à Paris après une longue séparation. Mais il était déjà trop tard, aléa jacta est, la vie n'est pas un long fleuve tranquille, les amants séparés, etc., etc. et maintenant tu es morte et je m'ennuie, tout seul, sur ce banc lectourois.

Si je ne souhaite pas attendre, assis, de voir venir le visage de ma propre mort, je peux aussi me relever et marcher jusqu'à l'un de mes claviers aux touches noires et blanches. Faire preuve d'un peu plus de sérieux et de concentration, comme mon maître en musique Keith Jarrett, prendre à bras-le-corps ce fichu piano qui t'a remplacé dans ma vie, apprendre une bonne fois pour toutes à domestiquer l'instrument pour arriver à en tirer quelques sons, vagues échos impressionnistes de mes sentiments durables. Je suis désormais beaucoup trop vieux pour avoir le temps de devenir un bon pianiste mais avec un peu de chance et de persévérance, je peux encore espérer de la musique qu'elle m'offre quelques émotions intimes en harmonie avec ce que tu représentes à mes yeux. Il me suffit de le vouloir. D'autant plus que ces mélodies inspirées par toi sont déjà dans ma tête.

Au lieu de rester assis sur mon banc, je pourrais ainsi composer comme Nietzsche, qui était un bon pianiste et appréciait particulièrement l'improvisation. Tout le monde connaît cette fameuse citation : « Sans musique, la vie serait pour moi une erreur ». Friedrich Nietzsche s'est principalement intéressé au processus créatif, et s'il n'est pas véritablement parvenu au succès dans la création en ce domaine – trop prisonnier sans doute de

Schumann et Wagner –, ses œuvres sont intéressantes et je prends plaisir à écouter ses *Complete Solo Piano Works,* pas uniquement par sympathie intellectuelle pour le philosophe. Et d'une certaine fascination interrogative pour la folie de ce grand esprit à la fin de son existence.

Suis-je fou d'amour pour toi, Agnès ? En d'autres termes, est-il possible de juger déraisonnable cet attachement sans bornes pour une femme avec laquelle, au bout du compte, je n'aurais partagé qu'une très petite partie de ma vie ? Je n'en ai pas la moindre idée. À vrai dire, je pense qu'il ne faut pas juger cette histoire d'amour, et je n'y ressens aucun déséquilibre, plutôt une immense douceur confortable. Se sont écoulées beaucoup trop d'années pour que je puisse me souvenir aujourd'hui de la douceur de ta peau et de tes lèvres ; mais il subsiste en moi une empreinte presque génétique, une trace indélébile, un tatouage invisible qui est mon bien le plus précieux. Et j'ai encore dans mon cerveau la mémoire de tes beaux yeux, je possède encore quelques rares photographies de toi au cas, hautement improbable, où j'aurais risqué d'oublier ton visage ; mais ces images sont inutiles, en fait. Tu es là pour toujours.

Je termine cette ultime lettre d'amour alors que s'achève l'incroyable confinement des êtres humains de la planète à cause d'une épidémie virale. Pendant deux mois, les rues de notre Lectoure ont été pratiquement désertes, décor sinistre et drôle comme pour un deuil universel. Mais ce n'était qu'une illusion supplémentaire, nous ne sommes que quelques-uns à porter le deuil parce que nous t'avons sincèrement aimée, à savoir comment la vie sera difficile sans la possibilité de te revoir. Je me délecte des mots que tu m'inspires, je fais durer le plaisir de parler avec toi, même si au fond je suis tellement malheureux de ta disparition.

Je ne plaisante pas quand j'affirme que tu n'es pas morte, et je sais que de temps à autre, dans un proche avenir, quand le chagrin sera trop fort, je pourrai rouvrir les pages de ce petit livre et te retrouver encore une fois. Comprenne qui pourra, advienne que pourra. C'est ainsi, épitaphe sentimentale dérisoire mais qui, je pense, ne sera pas complètement inutile.

Agnès, mon Amour, tu as tellement compté pour moi que je vais maintenant marcher d'un pas lourd vers mon piano, poser mes mains sur le clavier et penser à toi.

Surtout, ma muse, ne t'arrête jamais de danser, de tourbillonner et d'éclairer ma joie. Moi, je te promets que je continuerai à entretenir patiemment le jardin secret de notre amour défunt, puisque ta mort l'a rendu sacré et invincible. N'y vois pas de posture surjouée, mais un hommage mérité et sincère pour te remercier encore de tout ce que tu m'as offert. Je n'ai pas malheureusement le pouvoir de faire davantage.

Do si la sol fa mi ré do, gamme à l'envers pour un retour inaccessible, de la musique et des mots pour continuer à célébrer la femme que tu es. Ta peau blanche et ta chevelure brune me touchent, je pose mes mains sur mon clavier et je t'aime.

Comme nombre d'entre nous, j'aime le *Requiem* de Mozart. Ces dernières semaines, nous avons tous entendu rôder la mort autour de nous, une monotonie anxiogène extraordinaire et inattendue. Je peux me dire qu'il aura fallu ce temps de recueillement, de repli sur toi, pour me jeter à l'eau de mes souvenirs, du moins ceux que je partage avec toi. Cet espace contraint et offert à ma mélancolie, à tâtonner pour retrouver quelques bribes de toi, ton sourire, ta joie de vivre, ta voix et ton regard.

Pourtant, en toute honnêteté, je ne fais pas le lien entre cette peur universelle et le deuil profond qui m'a frappé avec ta terrible disparition. Et même si je choisis de partager cette douleur en écrivant ce livre, parce que notre histoire est incroyable et nécessite une trace, tu restes pour moi quelqu'un qui relève de ma sensibilité et de mon intimité profondes. Tu ne m'appartiens pas, d'autres t'ont aimée ou t'aiment encore mais tu me laisses ce privilège douloureux de te pleurer. Il ne s'agit pas pour moi de dresser un portrait larmoyant, de lancer une plainte égoïste ou narcissique, d'exprimer des regrets suffisants et incongrus. Il s'agit simplement de dire à je ne sais qui ce que tu représentes à mes yeux. Si j'étais magicien, je te ferais renaître comme une belle fée, sur la scène je t'aurais fait disparaître dans une grande boîte colorée comme la vie puis réapparaître, jeu de miroirs et trompe-l'œil, tour de passe-passe et retour du bonheur d'aimer et d'être aimé. Tu aurais recommencé à danser et moi à t'admirer, une musique presque implacable se serait à nouveau fait entendre car ta mort est impossible. Une histoire sans queue ni tête mais sans fin.

Ta mort est incompréhensible, n'a aucun sens, ne rime à rien, elle me révolte. La musique est plus forte que la mort, l'amour est plus fort que la mort, même si je n'ai plus le droit de te prendre dans mes bras. Nietzsche, encore une fois : « Tout amour pense à l'instant et à l'éternité, mais jamais à la durée. » Un petit amour de jeunesse de rien du tout, qui aura duré toute une vie. À quoi bon si c'est pour autant souffrir ?

Mais j'ai promis de ne pas souffrir, j'ai affirmé que tu m'avais rendu heureux alors je m'y tiens.

Néanmoins, si j'avais un conseil à donner, fort de mon expérience, il ne faudrait pas aimer autant. Ne pas tout donner à la même femme. Ne pas se priver totalement du bonheur. Être moins entier, moins pur, plus personnel. Se protéger davantage, être conscient que la vie ne permet que très rarement cet amour absolu. Pour s'éviter des regrets inutiles au soir de sa vie, à cause de ce temps perdu, cette solitude douloureuse, ces plaisirs manqués.

En écrivant ces quelques lignes, je fais preuve de faiblesse, alors qu'en vérité, je ne le pense pas vraiment, en tout cas pour moi, je ne regrette rien.

Ce texte vraiment sans complaisance et sans fard, qui vient du fond de mon cœur, peut aussi servir d'exemple, qui sait. Il ne faut pas avoir peur d'aimer.

De toute façon, pour moi, c'est trop tard. Je n'ai connu que toi, Agnès.

« Pour connaître une femme, il faut toute une vie », disait Georges Brassens, qui était un fin connaisseur du sujet.

Notre histoire d'amour fut à la fois réelle et virtuelle ce qui, finalement, était en phase avec l'époque. A tort, j'avais fait confiance à la dimension numérique, ma mémoire virtuelle avait pris de la place dans mes ordinateurs ; et puis, un jour, un pirate ou un voleur ou une personne malveillante m'a fait subir une attaque informatique et j'ai perdu de nombreuses données, malgré des sauvegardes sur des disques durs externes. C'est dommage. Pure vanité, fragilité, souffle léger, crâne et miroir du temps qui passe, il ne me reste de toi qu'une vieille photographie.

Éditeur :

Books on Demand GmbH,
12/14 rond-point des Champs Élysées,
75008 Paris, France

Impression :
Books on Demand GmbH, Norderstedt,
Allemagne

Couverture : Nathalie Glévarec

ISBN : 9782322222650

Dépôt légal : mai 2020

www.bod.fr